CAPRICES
DE
BOUDOIR

PAR

ARMAND RENAUD

PARIS

FERDINAND SARTORIUS, ÉDITEUR

CAPRICES

BOUDOIR

VERSAILLES. — IMPRIMERIE CERF, 59, RUE DU PLESSIS.

Lorsque trois flambeaux d'or, descendant d'une voûte,
Emplirent à la fois la chambre de rayons
Et me montrèrent celle où mon âme allait toute,
Qui songeait, nue et blanche, au milieu de lions.

CAPRICES

DE

BOUDOIR

PAR

ARMAND RENAUD

Il faut l'âme aux sens, comme
l'étincelle à la poudre.

PARIS

FERDINAND SARTORIUS, ÉDITEUR

6, RUE JACOB, 6

—

1864

A VÉNUS

Vision suprême de l'antiquité, c'est à toi que je dédie ces strophes nées de ton souffle. D'abord j'avais pensé à une de tes prêtresses, à une des créatures humaines qui te reflètent le mieux. Mais quelle gloire prendre qui ne fût pas périssable? quel beau corps qui n'eût pas ses imperfections? quelle magicienne adorée qu'on fût certain de ne pas fuir, le jour suivant? Toi, au contraire, il n'y a pas une ombre dans ta gloire, pas un tremblement dans tes lignes, pas un doute dans ton amour ; et précisément parce que mon œuvre est éphémère et défectueuse, je veux la mettre sous la garde de l'éternel et du complet.

Lorsqu'à l'aube du monde, tu sortis rose du sein de la mer créatrice, tu lanças trois regards : le premier s'éleva étonné vers l'immensité du ciel ; le second embrassa orgueilleusement la terre, ton esclave ; le troisième s'abaissa sur le miroir des eaux, et, comme tes cheveux humides tombaient en désordre, tu les tordis et tu les nouas à la nuque. C'est dans cette pose d'instinctive coquetterie que tu m'apparus aux premiers temps de ma jeunesse, quand le jour de la passion se leva en moi ; c'est ainsi que je t'ai aimée, c'est ainsi que je te veux sur le seuil de mon livre.

Dans ta contemplation céleste, il y a trop de gravité majestueuse, je n'oserais point te troubler ; mais penchée sur un miroir, gracieuse, je suis sûr que tu accueilleras avec un sourire ces rimes légères qui n'ont aucune de tes splendeurs, mais qui osent les aimer toutes.

Quel nom charmant que le tien, ô Vénus! notre grand mystique Henri Delaage l'a écrit, Vénus — cela semble vouloir dire : venez! Et en effet tes lèvres, tes yeux, tes bras, ne sont qu'une immense attraction murmurant à toutes choses : venez !

Trop souvent on voit des insensés s'acharner contre toi; ils renversent tes autels, ils égorgent tes colombes, et ils se mettent à faire parade de grands sentiments, à crier : renoncement ! solitude! austérité! en invoquant l'idéal dont sur toi repose la base, en montrant les étoiles qui ne parlent que d'amour. Ceux qui suivent tes lois, qui te prennent pour berceuse, ils les injurient, et ils crachent sur ta statue, comme si l'on pouvait salir le beau.

Oh! laissons-les dire et sourions; car si l'heure du dévouement et de la souffrance arrivait, peut-être n'est-ce pas de leur côté que serait le courage.

En attendant, puisque les vallées ont toujours des sources, les parterres des roses et les oiseaux des roulades, puisque le soleil ne cesse point de luire ni la brise de soupirer, j'ai chanté un moment les choses douces, les charmes de la forme, la joie non pas brutale, mais artistique des sens; je les ai chantés franchement, selon les impressions ressenties. A toi maintenant de prendre ce livre dans tes mains pour lui donner ton parfum, d'y jeter les yeux pour lui donner ton rayon.

Versailles — Octobre 1865.

CAPRICES

DE BOUDOIR

FRISSONNEMENTS

FRISSONNEMENTS

I

LES SOUFFRANCES DU DÉSIR

La fraise ne craint pas la pêche ;
La pêche ne nuit pas au vin ;
Jamais non plus le vin n'empêche
Qu'un cigare ne soit divin.

C'est pourquoi nul amour n'arrive
A combler mon cœur affligé ;
En voyant ce dont je me prive ,
Je trouve moins bon ce que j'ai.

Et toutes les fois qu'en ce monde,
Pour aussitôt fuir, m'apparaît
Quelque vision brune ou blonde
Dont le charme m'asservirait,

Sous la tristesse mon cœur ploie
De penser qu'une volupté
Dans l'insaisissable se noie,
Sans que ma lèvre en ait goûté.

L'une savait si bien sourire !
Si fins de l'autre étaient les doigts !
L'autre avait des blancheurs de cire,
L'autre un poème dans la voix.

D'une je ne vis, par derrière,
Que des cheveux sous un chapeau ;
Mais la grâce était singulière
De ces boucles frôlant la peau.

Avant tout, des yeux j'ai mémoire,
Des yeux qui sont pour la beauté
Ce qu'est le soleil, dans sa gloire,
Pour la céleste immensité ;

Langoureux comme une prière,
Les uns regardaient tristement ;
D'autres avaient dans leur lumière
Les rayons d'un esprit charmant ;

D'autres, dont toujours je me pâme,
Étaient longs, fauves et cernés,
Et vous lançaient une âcre flamme,
Telle qu'on en rêve aux damnés.

Dites-moi, beautés inconnues,
Ne vous dois-je plus jamais voir ?
Un moment, n'êtes-vous venues
Que pour faire mon désespoir ?

Mieux valait, pour mes jours moroses,
S'éteindre sans vous rencontrer.
Mieux valait ne pas voir les roses
Que je ne pouvais respirer.

II

SAVEUR ACIDE

Vous croyez que j'ai dans l'âme
Bien peu de force, il paraît,
Vous qui repoussez ma flamme,
Prétextant qu'on me tûrait.

Mourir ne fait pas mon trouble ;
Mais ce dont je suis troublé,
C'est, quand mon amour redouble,
Votre cœur toujours voilé.

Si votre éclat me dédaigne,
Dites le-moi sans détour,
De mon cœur, si fort qu'il saigne,
J'arracherai mon amour.

Mais si vous m'aimez, de grâce,
Madame, abandonnez-vous ;
Craignez moins que je trépasse,
Rendez mes instants plus doux.

Qu'on tende ou non quelque trappe,
Tout m'est égal, tout est bien.
Dans vos bras si l'on me frappe,
Je ne me plaindrai de rien.

Cela même, je l'avoue,
Est plein de charme pour moi,
Qu'un baiser sur votre joue
Porte un péril avec soi.

Ainsi le marin préfère
Les océans orageux
A l'eau calme où l'on peut faire,
Sans rien risquer, tous les jeux.

Ainsi l'on est pris d'ivresse,
Sur un gouffre se penchant ;
Ainsi d'un glaive on caresse,
Avec plaisir, le tranchant.

III

L'ÉLOGE DES BAISERS

L'amour qui se partage est chose
Ayant des ressources sans fin :
Moins de parfums verse la rose,
Et moins de chants le séraphin.

Mais avec toutes les maîtresses,
Aux instants les plus embrasés,
Pour être une source d'ivresses,
Rien n'est rien d'égal aux baisers.

Par les rivales des corolles,
Rivaux du miel, ils sont servis.
Là, les précèdent les paroles,
Là, des rires ils sont suivis.

Ni trop terrestres ni trop vagues,
Ils forment l'adorable point
Où, comme l'eau du ciel aux vagues,
Au réel le rêve se joint.

Rien ne s'y mêle d'amertume
Ni de dégoût. Tout est divin.
C'est une coupe sans écume
Dont la poésie est le vin.

Tantôt bondissantes panthères,
Tantôt ramiers au fond des nids,
Ils ont d'innombrables mystères,
Ils ont des secrets infinis.

Les uns vont effleurant la bouche,
Muets, légers, à peine pris ;
Pour fuir, dès qu'on les effarouche,
Ils ont l'aile des colibris.

Les autres ont la véhémence
Du hennissement des chevaux ;
On dirait un orchestre immense
Entrecoupé par des bravos.

Mais, dans un silence qu'un râle
Par intervalles vient briser,
Le baiser profond qui rend pâle,
L'interminable, âpre baiser,

Semblant vouloir, tant il s'y presse,
Par les lèvres aller au cœur,
C'est là qu'est la sainte allégresse,
L'amour complet, l'amour vainqueur.

Certes, fuir dans le crépuscule,
Caresser une chair de lait
Où le frisson d'amour circule,
Que sais-je encore ? tout me plaît.

Mais si, par une circonstance
Lugubre, il me fallait choisir
Et ne plus lire qu'une stance
Dans le poème du plaisir,

Je te prendrais, ô stance folle
Que par les soirs électrisés
M'apporte la brise qui vole;
Je vous choisirais, ô baisers.

Et, dans l'hiver de mes désastres,
J'aurais les plus douces chaleurs,
Des dents blanches étant mes astres
Et des lèvres roses mes fleurs.

IV

LE ROI FAUVE

Oh! là-bas, dans Java la chaude,
Que ne suis-je un tigre au poil d'or,
Un beau tigre qui, la nuit, rôde,
Et qui, sous le soleil, s'endort !

De l'Océan humant la brise,
Humant la senteur des forêts,
Loin des hommes que je méprise,
Par l'espace je bondirais ;

Et puisqu'ici-bas règne en maître
La force qui se fait sentir,
Puisque c'est bourreau qu'on doit être,
Afin de n'être point martyr ;

Je mettrais à mort qui me gêne,
J'étranglerais qui m'aperçoit,
N'ayant souci d'aucune haine,
Pourvu que la terreur y soit.

De chair vive, de chair qui bouge
Je gonflerais mon flanc puissant.
Ongle, gueule, tout serait rouge ;
Je me vautrerais dans le sang.

Puis, quand j'aurais bien fait le vide,
Bien chassé tout être vivant,
Qu'au loin l'homme fuirait livide,
Rien qu'à mes cris jetés au vent ;

J'appellerais à moi les rêves,
Les beaux rêves qui vous font Dieu,
Qui scintillent comme les glaives,
Qui sont doux comme le ciel bleu.

Je tiendrais fixé sur l'orage
Mon regard à l'éclair pareil ;
En plein midi, fuyant l'ombrage,
Je boirais ta flamme, ô soleil.

Quand la nuit étendrait ses voiles,
L'herbe me servant de hamac,
Je contemplerais les étoiles
Mirant leurs yeux dans l'eau du lac.

Enfin aux heures de folie,
Quand le frisson d'amour vous prend,
Qu'il n'est déjà rien qu'on n'oublie,
Tant le désir entre à torrent ;

Par les jungles, j'irais en quête
De la tigresse à l'amour fort,
Qui hurle comme la tempête
Et, comme les serpents, se tord.

Sans nous demander autre chose
Que de grands yeux pleins de rayons,
Dans le secret de la nuit close,
Royalement nous aimerions.

Mais, loin de la lâche habitude,
Une fois las de volupté,
Nous fuirions dans la solitude,
Nous fuirions dans la liberté.

V

SPLENDEUR RÉALISTE

L'Andalouse a la taille aux souplesses exquises,
Avec un volcan noir sous la pointe du cil.
Aimer à l'ombre est doux dans les îles Marquises.
Les secrets sont divins des femmes du Brésil.

L'Allemande a l'esprit égaré dans la nue,
Le corps moelleux, la lèvre aux carmins enflammés.
L'Écossaise, au grand air, marche, la jambe nue.
L'Orient rêve au fond de ses harems fermés.

2

La Chine a des trésors de grâce, aux yeux obliques,
Qui donnent leur caresse avec de petits cris.
Les négresses vous ont des forces diaboliques.
Mais tout reste au-dessous des femmes de Paris.

Quand elles ont laissé monter à leur visage
Ces ivresses de feu dont le vin les brûla,
Qu'elles ont débraillé leur rire et leur corsage,
Et qu'à l'homme ébloui leur beauté dit : voilà !

Quand sur les fronts penchés, sur la table en désordre,
Les flambeaux font courir leur dernière clarté,
Que les nerfs triomphants tressaillent à se tordre,
Que le rire est sinistre à force de gaîté ;

Alors, si tu te plais aux voluptés mortelles,
Aux bonds de la lionne, au replis du serpent,
Prends dans tes bras la femme aux lignes les plus belles,
En cueillant le baiser qui de sa lèvre pend.

C'est qu'il ne s'agit point là d'une campagnarde
Dont un lambeau de toile est le seul vêtement,
Qui, ramenant le soir les troupeaux qu'elle garde,
Dévore sa pâture et s'endort pesamment.

Je parle de la reine à la folle existence,
Chemise de dentelle et robe de velours,
Qui, dans du vrai Bohème ayant bu le Constance,
Fait la moue à son verre et le brise toujours ;

Qui pose sur l'orgie un cachet d'élégance,
Et qui, de nul amour ne s'émouvant à jeun,
Quand le vin dans le sang lui met l'extravagance,
Plus qu'on ne saurait dire, exhale un chaud parfum.

Oh ! que de fois j'ai vu, dans l'ardeur de mes rêves,
Folles de volupté, ces bacchantes bondir !
Leurs prunelles avaient le flamboiement des glaives,
Je sentais contre moi leur tête se raidir.

Leurs cheveux m'effleuraient comme un essaim de mouches,
Leur rire était profond, sonore et menaçant,
Et les gouttes de vin qui tombaient de leurs bouches,
Sur leur gorge de lait, prenaient l'aspect du sang.

Et roulé par l'abîme, étreint par le vertige,
A tout déchaînement criant sans fin : bravo !
Parfums, chansons, lueurs, tandis que tout voltige,
Je noyais dans l'oubli mon cœur et mon cerveau

CHUCHOTEMENTS

CHUCHOTEMENTS

VI

PRIÈRE PROFANE

Vos yeux, Madame, sont un pôle
Où les miens se tournent toujours ;
C'est un velours que votre épaule
Et c'est un chant que vos discours.

Il sort un éclair magnétique
De l'océan de vos cheveux,
Et la passion despotique
Prend pour armes vos bras nerveux.

Mais vous avez l'indifférence
Plus encore que la beauté ;
Vous jouez avec la souffrance
Du cœur à vos pieds apporté.

Que de vous une âme soit pleine
Vous vous mettez à la railler.
Vous m'embrasez de votre haleine,
Et vous me dites d'oublier !

Comme si, voyant fuir le rêve
Qu'il n'avait cessé d'appeler,
Le cœur, resté seul sur la grève,
Pouvait encor se consoler ;

Que, loin de la fleur qui l'enivre,
L'abeille composât du miel,
Et que sur terre l'on pût vivre
Quand on vient d'entrevoir le ciel.

Croyez-moi, reine de mes stances,
Ce n'est pas tout de fasciner.
Laissez en bas les résistances,
Soyez grande. Sachez donner.

VII

INVITATION

Mets ton ruban le plus charmant,
Ta plus belle robe de gaze,
Tes bracelets en diamant,
Ton diadème de topaze ;

Et viens dans mon appartement
Où sont des fleurs dans chaque vase,
Où, comme un astre au firmament,
Le flambeau de cristal s'embrase.

Viens! je veux te donner un bal
Amoureux et sentimental,
En dehors du monde terrestre.

Viens! mes soupirs feront l'orchestre,
Et tes valseurs seront mes bras,
Et de mon cœur tu souperas.

VIII

CAMÉLIAS

Ma belle, tu te plains qu'avec le coloris
Dont les camélias décorent leur pétale,
Ils n'offrent nulle odeur à l'amateur surpris
Qui rêvait un parfum d'essence orientale.

Ayant de leur éclat admiré tout le prix,
Tu n'en gémis que plus de cette loi fatale
Qui sur le rossignol jette un plumage gris
Et qui veut que, plein d'or, le paon rauque s'étale.

Moi, je suis plus heureux. Depuis que mon baiser,
Un soir où tu n'avais rien à me refuser,
A rencontré ces fleurs à tes cheveux unies,

Elles ont pour mon cœur des douceurs infinies,
Et, réveillant en moi les souvenirs aimés,
Tous les camélias me semblent parfumés.

IX

IDÉES QUI PASSENT

Chaque soir, belle insatiable,
Au souper de la volupté,
C'est votre demande immuable
Qu'on vous serve une nouveauté.

En vain l'on vous dit que sur terre
On ne peut inventer toujours,
Que nous sommes, par le mystère,
Bornés en tout, même en amours :

De l'inconnu terrible et sombre
Sans cesse vous tentez l'assaut ;
Vos désirs vont, à travers l'ombre,
Toujours plus loin, toujours plus haut.

A quoi bon, à quoi bon, oh ! dites,
Changer le vin des coupes d'or ?
L'infini, dans ses soifs maudites,
Toujours vous crîra : Change encor !

Si l'on s'arrangeait une vie,
Chacun d'après son sentiment,
Je ne ferais point mon envie
D'un suprême raffinement.

Aussitôt qu'on en connaît une,
On trouve aux voluptés d'après
Une ressemblance importune,
Gâtant les bonheurs les plus vrais ;

Le plaisir devient comme un gouffre
Insaisissable entre vos bras ;
Plus on est savant, plus on souffre,
Remarquant mieux ce qu'on n'a pas.

Savez-vous quel serait mon rêve ?
Qu’on fît de nous deux innocents,
Autre Adam auprès d’une autre Ève,
Dans le premier trouble des sens ;

Et non pas ces innocents louches,
Êtres à l’esprit émoussé,
Devant qui, par toutes les bouches,
Le mot fut cent fois prononcé,

Enfants nés dans la tourbe humaine,
Instruits de ce qui les attend,
Du but où le désir les mène
N’étant pas en peine un instant,

Mais deux virginités complètes,
— Esprit et chair ne faisant qu’un, —
Sans deviner les violettes,
Aspirant déjà le parfum ;

Cherchant quel souffle les embrase,
Quelle lumière emplit leurs yeux,
Pris de gratitude et d’extase,
D’étonnement prodigieux ;

Émus au toucher de leurs lèvres,
Sans savoir que c'est un baiser ;
Se livrant à toutes les fièvres,
Sans pouvoir de rien s'aviser.

Autrefois, au matin des âges,
Ce rêve étrange fut réel
Dans les chatoyants paysages
D'un paradis semblable au ciel.

Tout a fui dans la nuit immense,
Cœurs d'azur, magiques reflets.
Les rêves ! les rêves ! démence.
Dans une étreinte, étouffons-les !

X

MESSE MORTUAIRE

Notre amour fut toujours fantasque.
Pour exciter notre cerveau,
A toute heure il changeait de masque,
Prenait un costume nouveau.

Tantôt c'était, au fond d'un temple,
Un ange qui tombe à genoux
Et qui pieusement contemple
Dans son missel, un billet doux;

Tantôt, dans les bois pleins de sève,
C'était un Faune curieux
Dont par degrés la main soulève
Le voile qui gêne ses yeux;

Parfois un cavalier sauvage
Qu'on ne peut ni fuir ni saisir,
Et qui partout met le ravage
En courant après le plaisir;

D'autres jours, un pacha qui fume,
Les pieds croisés sur des coussins,
Tandis qu'un nègre le parfume
En chantant des airs Abyssins.

Mais cette fois, c'est la dernière
Que changera ce pauvre amour.
Lui qui jetait tant de lumière,
Voici qu'il est mort à son tour.

A force de faire la guerre,
Il a réclamé le repos;
Ce qui fut son berceau naguère
N'est plus qu'un cercueil pour ses os.

Mais afin qu'en sa fosse il dorme,
Tranquille jusqu'au jugement,
Il faut, tous deux, selon la forme,
Lui faire un bel enterrement.

J'ai rempli ta lèvre sonore
De mes Magnificats jadis;
Tends-la moi, cette fois encore,
Que j'y chante un De profundis.

Et, loin de prendre un air morose,
Fêtons ce grand mort, de façon
A lui faire une apothéose
De notre suprême oraison.

SCINTILLEMENTS

SCINTILLEMENTS

XI

SUPERBIA

Vous me plaisez avec votre lèvre plissée,
Pour l'homme et pour l'amour révélant vos dédains ;
J'aime, quand un aveu sort d'une âme oppressée,
Le regard froid, tombant de vos sourcils hautains.

Que m'importe le cœur qui sous vos pieds se brise,
Pourvu que vos beautés gagnent à ce mépris,
Et que, comme le feu s'anime sous la brise,
Votre geste irrité vous donne un nouveau prix !

On dirait, à vous voir gonfler votre narine,
L'amazone au carquois plein de flèches d'argent,
Ou cette jeune reine à la blanche poitrine
Qui se fit apporter la tête de saint Jean.

Où d'autres paraîtraient ridicules et folles,
Votre nature étrange est dans son élément.
Le stylet meurtrier convient aux Espagnoles;
Ce qu'on devrait haïr, vous le rendez charmant.

Pour la splendeur et pour l'orgueil vous êtes née ;
Votre front fait penser aux diadèmes d'or,
Et, lorsque vous passez sur la terre étonnée,
C'est avec la fierté de l'aigle ou du condor.

La foule que le ciel créa pour vos caprices,
Vous la voyez à peine errer confusément.
Comme les déités et les impératrices,
Vous trônez dans la gloire et dans l'isolement.

Oh ! votre orgueil est juste, et moi je vous approuve.
Vous avez la beauté pour vous, vous avez tout.
Et, dans cet univers, il n'est rien que je trouve
Digne d'un autre accueil que de votre dégoût.

Que le triste insensé qui vous suit et vous aime,
Désespéré, dans l'ombre aille s'ensevelir !
Que par vous soit brûlé son plus navrant poème !
Sœur des Vénus de marbre, il ne faut point faiblir.

Point de clémence donc ! dédaignez, soyez belle,
Jetez le rire à flots, du haut de vos vingt ans.
Il n'est point, pour gagner l'âme la plus rebelle,
De volupté semblable à vos airs insultants.

Allez ! quoique en ces jeux ce soit moi la victime,
Je ne me plaindrai pas de mon bourreau moqueur.
Je veux, jusqu'à la fin, demeurer dans l'abîme
Où j'enivre mes yeux, en torturant mon cœur.

XII

VIOLETTES DE PARME

Des violettes sont, d'une nature exquise,
Dont la teinte est plus pâle et plus vague l'odeur ;
Il leur faut le soleil et non l'ombre indécise,
L'essence en est plutôt l'amour que la pudeur.

Dans la serre, à l'automne, on met ces violettes ;
Car, dès qu'il vient du froid, cela les fait mourir ;
Moins vivaces pourtant, elles sont plus complètes
Que leurs sœurs, dans les bois, si braves à fleurir.

Elles ont ce qui manque aux autres : la tristesse.
Leur couleur est morbide et leur parfum souffrant.
C'est le raffinement et la délicatesse ;
C'est, à travers les cils, une larme filtrant ;

Et non pas une larme obscure et prolétaire,
Qui tombe sur la serge au milieu des taudis,
Larme qui prend sa source aux brumes de la terre,
Et qui sèche, au printemps, dans les airs attiédis ;

Mais cette larme belle, insondable, mystique
Qui se mêle à la gloire, au luxe, à l'or vainqueur,
Et, des colliers joyeux perle mélancolique,
Dans les bonheurs humains montre le deuil du cœur.

Certes, les parfums purs que la fleur des bois verse,
Forts comme ils sont naïfs, constants comme ils sont vrais,
Où rien de dangereux ni d'énervant ne perce,
Je sais, j'agirais mieux si je les préférais.

Mais qu'y pourrais-je ? en moi des instincts sont les maîtres
Qui m'empêchent d'aimer la saine vérité ;
Et mon âme, pareille à l'âme des faux prêtres
Qui font de leur idole une divinité,

Abandonne le bien, le réel, le sincère
Pour l'idéal perfide et le rêve félon,
Préfère aux fleurs des bois les frêles fleurs de serre,
Aux rustiques santés les pâleurs de salon.

XIII

LA REINE DE LA NUIT

Son corps était couvert d'un voile en gaze noire
Où, sans nombre, on voyait luire des diamants ;
Son front, plein du frisson magique de la gloire,
Portait le croissant mince et pur des firmaments.

Elle représentait vraiment la nuit superbe,
Avec ses millions d'étoiles, sa douceur,
Son blanc rayonnement posé sur l'onde ou l'herbe,
Et son azur sans fond, abîme du penseur ;

La nuit où s'échappant furtives de chez elles,
Les amoureuses vont, dans les bois, s'égarer,
Où l'âme du poète, ouvrant toutes ses ailes,
Plane dans le pays lointain qui fait pleurer.

A sa forme, on sentait la femme gracieuse ;
On la saluait reine à son air froid et doux ;
Et quand elle marchait, ombre silencieuse,
Devinant la déesse, on tombait à genoux.

Et comme, dans la nuit, il est de pâles nues,
Sur le front de la lune, en groupe, voltigeant,
Mes rêves emportés loin des routes connues,
Se jouaient sur le bord de son croissant d'argent.

XIV

L'HEURE DU BERGER

S'il est une heure douce entre toutes les heures,
Une heure où rien d'amer en vous ne soit resté,
Où les choses qu'on aime apparaissent meilleures,
Où l'on arrive à Dieu par la félicité ;

C'est quand la bien-aimée, entre vos bras étreinte,
Ne voulant rien encor, mais près de tout vouloir,
Répondant au désir par une douce plainte,
Pensive, en s'en allant, a murmuré : ce soir !

Tout le jour vous errez, cherchant les endroits calmes,
Bercé dans votre espoir comme dans un hamac,
Dédaignant l'homme avec ses haines ou ses palmes,
Mais ému par l'azur et charmé par le lac.

Enfin le jour décline et l'espérance augmente.
A chaque bruit léger de la rue ou des bois,
Vous écoutez si c'est le bruit de la charmante,
Et s'il chante un oiseau, vous dites : c'est sa voix.

Elle arrive, ô bonheur ! vous sourit, ô vertige !
Et sans pouvoir parler se jette à votre cou.
Sur ses lèvres en feu la passion voltige ;
Vous sentez son cœur battre et trembler son genou.

Alors, que vous soyez en juillet ou décembre,
Que l'âcre bise souffle ou le zéphir béni,
Que vous vous teniez clos dans le fond d'une chambre
Ou que vous respiriez libre sous l'infini,

Tout vous devient égal ; car vos yeux et votre âme
Ne connaissent plus rien que son âme et ses yeux.
Anéantissement où tout l'être se pâme,
C'est vous son paradis et c'est elle vos cieux.

Certe on a du plaisir à respirer les roses
Et, lorsqu'en un ciel bleu vient l'étoile du soir,
Il en tombe du calme aux fronts les plus moroses,
Comme il tombe des fleurs du haut d'un reposoir.

Mais qu'est-ce que la rose et qu'est-ce que l'étoile
A côté du bonheur d'aimer et d'être aimé ?
Que la rose s'effeuille et que le ciel se voile,
Que vous importe à vous dans ses bras enfermé ?

N'est-ce pas le meilleur parfum qu'une maîtresse
Dont la voix en tremblant égrène le mot oui ?
Donner et recevoir la première caresse,
N'est-ce pas le rayon dont tout est ébloui ?

O les ambitieux qui dominez la terre,
Artistes, inventeurs, prophètes, conquérants,
Hommes qui choisissez la route solitaire
Pour qu'après votre vie on vous proclame grands,

Répondez. Dans la nuit de la tombe profonde,
S'il vous souvient encor d'une joie ici-bas,
Si vous avez regret de quelque chose au monde,
C'est d'une heure semblable, ô grands morts, n'est-ce pas ?

Et vous qui, malheureux, avez vécu dans l'ombre,
En proie aux tourments vils : la faim avec le froid,
Et dont rien n'a fermé les blessures sans-nombre
Que l'éternel sommeil dans le cercueil étroit ;

S'il vous advint, le temps que dure une éphémère,
De presser une main dans la vôtre, d'avoir
La douceur d'un baiser à votre lèvre amère
Et l'éclair d'un amour à votre horizon noir ;

Oh ! vous consentiriez, n'est-ce pas, à revivre ?
A laisser les douleurs torturer votre chair,
A voir, de l'aube au soir, tomber comme du givre
Tout ce que vous rêviez, tout ce qui vous fut cher ?

Pour sentir de nouveau venir à votre lèvre
Ce baiser qui si haut vous fit voler un jour,
Pour avoir la superbe et l'invincible fièvre
Du premier rendez-vous dans le premier amour.

XV

TRISTESSE DANS LA JOIE

Tu demandes où vont mes pensers aujourd'hui,
Pourquoi je ne dis rien, et si c'est par ennui ?
Non, ce n'est pas l'ennui, c'est l'amour qui m'oppresse.
Si je courbe le front, c'est sous trop d'allégresse,
Comme un arbre au printemps se courbe sous ses fleurs.
La cime a ses glaciers, la joie a ses pâleurs.
Il est de ces moments mystérieux où l'âme,
A contempler l'azur près d'une autre, se pâme,
Où, pendant qu'on se tait, parlant avec les yeux,
On emplit de son cœur l'immensité des cieux.

Oh ! je suis bien ici, mieux qu'aux bois sur la mousse,
Mieux qu'en barque sur l'onde harmonieuse et douce.
L'odeur de tes cheveux m'enivre. A ton baiser
Il me semble qu'en moi ton sang vient s'infuser.
Une fatigue lente et molle me pénètre.
De tes yeux arrêtés sur les miens, je vois naître
Mille tendres pensers, mille désirs charmants
Qui par couples s'en vont, ainsi que des amants.
Dans le pli de ta joue habite quelque chose
D'ailé, de musical, d'embaumant et de rose.
Et cette poésie et cette ivresse font
Vibrer dans ma poitrine un bonheur si profond
Que n'osant m'y livrer, craignant qu'il ne s'envole,
Devant lui je demeure inerte et sans parole.

Mais cet accablement qui par toi m'est venu,
A des charmes plus grands que rien qui soit connu,
Et, dans le tourbillon des voluptés sans nombre,
Nulle ne vaut pour moi cette volupté sombre
De la mélancolie au milieu de l'amour.
C'est une belle nuit à côté d'un beau jour.
A côté du soleil à la splendeur sans voiles,
C'est la mollesse entrant au cœur par les étoiles.
Je ne suis plus, vois-tu, ni fier ni triomphant,
Mais faible, me serrant à toi comme un enfant.

Berce-moi sur ton cœur, berce-moi. Sois la vague
Où me plongeant, je roule à jamais dans le vague.
A peine un souvenir confus m'est-il resté
D'une terre et d'un monde où nous aurions été.
Vers de nouveaux pays ton sourire m'enlève.
Sur tout ton corps voltige une vapeur de rêve.
Il est doux, ton amour ; j'aime à m'en abreuver.
Caresse-moi le front, et laisse-moi rêver.

ÉGAREMENTS

ÉGAREMENTS

XVI

LA PERLE FRAICHE

Je ne voudrais point lâchement
Troubler ton âme, vierge pure
Qui passes sous le firmament
Jetant au vent ta chevelure.

A souffler l'orage en ton cœur
J'aurais plus de deuil que de joie ;
Dans la lutte une fois vainqueur,
Je m'apitoîrais sur ma proie.

Aussi, dans mes aveux, ton front
Ne puisera jamais ses fièvres ;
Mes yeux plus d'une fois luiront,
Rien ne sortira de mes lèvres.

Ou si je te donne un conseil,
Ce sera de n'ouvrir ton âme
Qu'à la vertu, tiède soleil,
Loin des tortures de la flamme.

Mais si tu sentais à ton tour
Le désir d'apprendre la vie,
De connaître le vaste amour
Dont tout pleure et que tout envie ;

Si, malgré les tourments nombreux,
Malgré les risques du naufrage,
Tu voulais, d'un pas valeureux,
Te lancer à travers l'orage,

Au passé calme dire adieu
Pour l'âcre vertige où l'on tremble,
Entrer dans le pays du feu,
Plus bas et plus haut tout ensemble,

Viens chez moi me trouver un soir,
Toute pâle de ta pensée,
Et dis-moi : « Je voudrais savoir,
» J'ai soif de l'ivresse insensée ;

» Ma chair palpite, mon cœur bat ;
» L'essaim des désirs m'environne.
» Emporte-moi vers le sabbat,
» Effeuille toute ma couronne. »

Alors je me prosternerai,
J'adorerai tes longues tresses,
Ton sein que rien n'a défloré,
Ta lèvre où dorment les caresses ;

Je te rendrai grâce à genoux
D'avoir préféré le poète
Pour entrouvrir ces bras si doux,
Pour écheveler cette tête.

Eden de pudeurs constellé !
Anxiété ! Métamorphose !
La neige au blanc immaculé
Me demandant son premier rose !

Ce seraient d'infinis regards,
Des confidences à voix basse,
Des chants et des soupirs épars,
Des ravissements dans l'espace ;

Toute l'extase des songeurs,
Tous les voluptueux mystères,
L'aurore aux timides rougeurs,
Le volcan aux bouillants cratères.

Et quand bien même je devrais,
La révélation finie,
Ne jamais te revoir après,
Jeune fille étrange et bénie,

Tu serais désormais pour moi
La vision que rien n'efface,
Le rayon polaire, la loi
Qui s'impose au cœur, quoi qu'il fasse ;

Et jusqu'au jour du sort commun,
Du départ pour les sombres grèves,
Je conserverais ton parfum
Au vase sculpté de mes rêves.

XVII

LA DOMPTEUSE

Elle était douce et frêle, elle était pâle et blonde.
Je soupirai d'amour et je lui pris la main.
Un éclair sillonna sa prunelle profonde.
Elle me dit d'aller la voir le lendemain.

Elle avait pour demeure, au milieu de grands arbres,
Une maison pareille aux maisons d'Orient,
Avec de clairs jets d'eau ruisselant dans les marbres
Et des toits plats baignés d'un soleil souriant,

Un nègre m'enleva mes habits prosaïques,
Me frotta d'une essence au parfum somnolent,
Et, comme pour aller aux fêtes hébraïques,
Jeta sur mon épaule un voile de lin blanc.

Puis il me conduisit par des salles sans nombre
Et pressant un panneau, me fit signe d'entrer.
Je ne vis rien d'abord, tant l'endroit était sombre ;
J'entendais seulement des êtres respirer ;

Lorsque trois flambeaux d'or, descendant d'une voûte,
Emplirent à la fois la chambre de rayons
Et me montrèrent celle où mon âme allait toute,
Qui songeait, nue et blanche, au milieu de lions.

Elle avait pour seule arme une baguette noire.
Sur les lions pesait un pouvoir surhumain.
L'un d'eux ayant ouvert son énorme mâchoire,
Elle la lui ferma de sa petite main.

Comme, sans m'effrayer, je regardais ce groupe
Et que même j'avais du bonheur à le voir,
La rêveuse m'offrit du vin dans une coupe
Et près d'elle, sur un tapis, me fit asseoir.

Les lions à l'entour, sans bruit, vinrent s'étendre ;
Et tandis que d'amour nos cœurs étaient noyés,
Eux, nous considérant d'un œil devenu tendre,
A la façon des chiens, ils nous léchaient les pieds.

Quelques-uns recouvraient nos corps de leurs crinières,
Et ce m'était un charme infini de penser
Que ces bêtes, à suivre un maître les dernières,
Pouvant nous mettre à mort, nous venaient caresser.

Et comme murs, plancher, plafond, tout formait glace,
Reproduisant les trois flambeaux par millions,
Dès que nous portions l'œil n'importe à quelle place,
C'étaient autour de nous des foules de lions.

XVIII

DANSE ET MUSIQUE

Les deux femmes, m'ayant conduit dans une chambre
    Où flambait un feu clair,
Où l'or et le cristal étincelaient, où l'ambre
    Se respirait dans l'air,

Sur un vaste sofa me dirent de m'étendre
    Et puis de regarder,
De regarder pour voir, d'écouter pour entendre,
    Sans leur rien demander.

Et de leurs vêtements s'étant débarrassées,
        Sur elles n'ayant plus
Que des fleurs, des rubis et des gazes plissées
        Ondulant comme un flux,

Elles se mirent, l'une, à tirer d'une harpe
        De doux et lents accords,
L'autre à tourner, tenant sur sa tête une écharpe
        Et balançant son corps.

Et celle qui jouait de la harpe était blonde,
        Avec des cheveux tels
Qu'on aurait plutôt dit des rayons d'or sur l'onde
        Que des cheveux mortels ;

Et les sons qui sortaient des cordes effleurées
        Emportaient mon esprit
Par delà le soleil, dans les vagues contrées
        Où le rêve fleurit,

Où la langueur vous prend, où regardant sans nombre
        Les étoiles passer,
Par des souffles moelleux, dans des palais pleins d'ombre,
        On se laisse bercer.

Et la danseuse avait un corps maigre aux tons bistres
          Avec de noirs cheveux;
Des yeux à moitié clos, langoureux et sinistres,
          Des soubresauts nerveux.

Et l'éclair du désir, traversant mes prunelles,
          Allait brûler mon sang
Où le fauve troupeau des voluptés charnelles
          Rôdait en rugissant.

La musique pourtant, mystérieuse et digne,
          Ruisselait, ruisselait,
Et tombait sur mon cœur, comme un duvet de cygne
          Ou des gouttes de lait,

Faisant dans ma pensée apparaître des choses
          Sans formes et sans couleurs,
Mais tenant de l'azur, du cristal et des roses,
          Du sourire et des pleurs.

La danseuse en délire, abandonnée, exsangue,
          Plus rapide toujours,
Tournait, et la parole expirait sur sa langue
          En bruits confus et sourds.

Ses bras s'arrondissaient sur son front, dans la pose
    Des êtres éperdus,
Et son col et sa face étaient par la névrose
    Étonnamment tordus.

Et mon cœur défaillait, brûlé d'ardeur trop vive ;
    J'étais blême à la fin
De voir et de revoir ce festin sans convive
    Passer devant ma faim.

Et la harpe jouait une marche sublime
    Aux accents radieux ;
Et mon âme planait sur la dernière cime
    Qui sépare des dieux.

La danseuse soudain eut un dernier vertige,
    Un suprême transport,
Et s'en vint dans mes bras, tendus vers sa voltige,
    Tomber comme un corps mort.

Alors l'autre, les yeux abîmés dans l'espace
    Et les vêtements droits,
Ne montrant que sa tête inclinée avec grâce,
    Ses mains aux frêles doigts,

Tira de l'instrument l'extase douce, douce,
          Les soupirs inouïs.
Et je sentis au cœur une telle secousse
          Que je m'évanouis.

XIX

LA VIERGE PALE

Que le vulgaire coure où l'appelle le monde,
Qu'il se plaise aux splendeurs des yeux, ou bien encor
Qu'il traîne dans le bruit sa course vagabonde ;

Qu'il aime les chasseurs qui vont sonnant du cor,
Les chiens et les chevaux et le chant des orgies ;
Qu'il aille de la fête admirer le décor ;

Qu'il suive du plaisir les nombreuses magies ;
Qu'à tous les vents de joie il ouvre ses poumons ;
Moi, j'aime mieux l'automne avec les élégies ;

J'aime mieux le silence au sommet des grands monts,
J'aime mieux le désert, la nuit et les ruines,
J'aime mieux les tombeaux où nous nous endormons ;

Feuille morte des bois ou torrent des ravines,
Tout ce qui dans l'esprit verse de quoi rêver,
Tout ce qui porte en soi les tristesses divines.

Aussi jamais l'amour n'a pu me captiver,
Et, chez la grande dame et chez la courtisane,
J'ai cherché vainement un cœur où m'abreuver.

Citadine élégante et fraîche paysanne,
Hardiesse et candeur, cou d'albâtre et teint brun,
Romaine à l'œil ardent et dormante Persane,

Tout s'est mêlé pour moi dans un mépris commun.
J'ai tenu ma jeunesse en moi-même isolée.
J'ai fui tous les baisers, sans regret pour aucun.

Mais hier quand parut, âme presque envolée,
La vierge qui se meurt et qui vient pour mourir,
Comme un tombeau plus doux, choisir cette vallée ;

Lorsque je vis sa lèvre impuissante à s'ouvrir,
Son visage plus blanc que sa parure blanche,
Et ses yeux que demain l'ombre viendra couvrir ;

Lorsque je vis ses traits où la douleur s'épanche,
Ses veines que le sang vient à peine animer
Et son corps amaigri, si frêle qu'il se penche,

Et pourtant dans son cœur un tel besoin d'aimer,
Et dans tous ses regards tant d'élans vers la vie
Qu'un monde de désirs semble s'y renfermer ;

Je sentis tout-à-coup, dans mon âme ravie,
Naître pour ce fantôme un invincible amour,
Et de combler son rêve une invincible envie.

Oh ! ce n'est ni son front au délicat contour,
Ni son cou de satin pur des taches du hâle,
Ni sa main faite au moule ou son pied pris en tour,

Qui me la font aimer. Non ! c'est de la voir pâle,
S'incliner sous le mal inconnu qui la mord,
D'épier dans ses yeux la minute du râle,

De prendre sur sa lèvre un baiser à la mort !

XX

LA CHAMBRE AUX FLEURS

La nuit, j'aime à rêver, quand je suis solitaire,
D'une femme idéale et d'un bonheur complet.
Dans ces rêves, j'unis le ciel avec la terre,
Et tout ce qui console avec tout ce qui plaît.

Je veux l'esprit charmant et la beauté charnelle,
Que son cœur soit candide et blanches soient ses dents,
Qu'elle ait aux yeux des cils très-longs, à l'âme une aile,
Et des pudeurs de vierge avec des bras ardents.

Qu'en elle tous les flots où je bois le délire,
Mollesse, éclat, langueur, ruissellent combinés.
Que l'harmonie en monte, ainsi que d'une lyre,
Que le luxe y soit fou, comme chez les Phrynés.

Regardez ! le boudoir est superbe, avalanche
De perles et de fleurs, de dentelles et d'or ;
Le velours noir du lit repousse sa peau blanche ;
Il s'échappe d'un globe une lueur qui dort.

Les murs sont recouverts de tentures de soie.
Profonds sont les rideaux et profonds les tapis.
Sur chaque porte close une portière ondoie ;
Les bruits extérieurs y tombent assoupis.

Pendule ou sablier, rien ne nous marque l'heure.
Une femme de bronze aux rires étonnés,
Dans son repos sans fin qu'aucun rêve n'effleure,
Seule, vers nos plaisirs, tient ses grands yeux tournés.

Dans l'invisible espace, une musique vibre,
Si vague qu'on croirait une harpe du ciel ;
Et le cœur, consolé dans sa dernière fibre,
Laisse en lui le bonheur couler comme du miel.

Alors elle me dit : « O mon ami, je t'aime.

» Ta parole m'entraîne où les âmes s'en vont.

» Ton rêve est un palais, ta gloire un diadème ;

» Je demeure dans l'un et mets l'autre à mon front.   »

Puis sa lèvre se tait, et voilà qu'elle songe.

Elle songe d'un air à la fois triste et doux.

Et moi, dans sa pensée, avec mes yeux, je plonge,

Comme en un lotus bleu les papillons hindous.

Mille fleurs en bouquets se meurent. Leurs haleines

Prennent dans l'agonie une plus âcre odeur.

D'adieux la clématite et la rose sont pleines.

Le jasmin voudrait vivre et redouble d'ardeur.

Les airs trop embaumés tournent à l'asphyxie.

La sensation vague et molle du sommeil

A celle du plaisir enflammé s'associe.

La nuit pâle se mêle avec le jour vermeil.

Et pour ne pas mourir, je veux fuir. « Non ! dit-elle,

» Le monde ne vaut pas qu'on en prenne souci.

» Je sens à notre amour que l'âme est immortelle.

» Tous les deux, vers l'azur, envolons-nous d'ici. »

Les baisers, les parfums confondent leurs ivresses,
Plus de lâches calculs! plus de folles douleurs!
Bonne pour nous, la mort nous vient par les caresses,
Et notre âme s'exhale avec l'âme des fleurs.

FIN

TABLE

		Pages.
Dédicace à Vénus		5

FRISSONNEMENTS.

I	Les souffrances du désir	11
II.	Saveur acide	15
III	Éloge des baisers	17
IV.	Le roi fauve	21
V.	Splendeur réaliste	25

CHUCHOTEMENTS.

VI.	Prière profane	31
VII.	Invitation	34
VIII.	Camélias	36
IX.	Idées qui passent	38
X.	Messe mortuaire	42

SCINTILLEMENTS.

| XI. | Superbia | 47 |
| XII. | Violettes de Parme | 50 |

Pages

XIII.   La reine de la nuit   53
XIV.   L'heure du berger   55
XV.   Tristesse dans la joie.   59

EGAREMENTS

XVI.   La perle fraîche   63
XVII.   La dompteuse   70
XVIII. Danse et musique   73
XIX.   La Vierge pâle   75
XX.   La Chambre aux fleurs.   83

FIN DE LA TABLE

temps à honorer de son amitié la veuve ruinée, puis il la délaissa, et bientôt toutes relations cessèrent entre les deux familles. Madame Vernier fit des prodiges d'économie pour maintenir son fils au collége. Malgré sa pauvreté, elle accueillit et adopta une nièce devenue tout à coup orpheline : dévouement d'autant plus méritoire que Thérèse était aveugle.

« Le temps avait marché ; il ne restait plus de l'Empire qu'une vapeur de sang et qu'un homme sur un rocher. » Le marquis de Romer brillait à la cour ; il était pair de France ; il avait un hôtel à Paris. Simplice avait terminé ses études universitaires. Caractère faible, intelligence médiocre, doutant de lui-même, sans goût prononcé, sans talent spécial, il était retourné chez sa mère. Effrayé de l'avenir, qu'il ne regardait pas sans vertige, il rêvait au passé. Son cœur battait aux souvenirs de son enfance ; il lui montait alors au cerveau des bouffées d'ambition que dissipait aussitôt le sentiment intime de son impuissance. Cependant madame Vernier, qui avait renoncé, non sans douleur, mais avec une résignation héroïque, à ses illusions maternelles, songea à donner une position à son fils. Elle se souvint du marquis de Romer, tout-puissant, qui sans doute ne se souvenait plus d'elle. Le marquis se reposait, à son château, des fêtes de l'hiver dans les fêtes de l'été. Elle alla, accompagnée de Simplice, implorer sa protection. M. de Romer avait besoin d'un secrétaire à Paris, il accorda la place au fils de son ancien ami. Mais en revoyant Alix, qui avait à peine daigné jeter un regard sur son camarade d'enfance, Simplice s'était troublé. L'amour, un amour dont il devait vivre ou mourir, avait envahi son cœur. Quand il fut question du départ de Simplice, Thérèse pleura. Elle l'aimait, la pauvre aveugle ; et de quel amour ! « En récitant mes prières, lui dit-elle, souvent je ne peux m'empêcher de me tromper ; et je dis Simplice au lieu de Jésus. » Surpris, épouvanté, Simplice se hâta de quitter la campagne et de partir pour Paris. »

Telle est l'exposition du roman que vient de publier M. Armand Renaud : *La griffe rose.* Le titre nous dit assez quelle en sera la suite ; l'épigraphe ne permet aucun doute :

> Griffe de femme douce à voir :
> Une charmante et fine chose.
> Mieux vaudrait l'informe et le noir.
> C'est de sang humain qu'elle est rose.

Je n'entreprendrai pas l'analyse de ce roman, qui n'est lui-même qu'une analyse, « une dissection psychologique. »

Le sujet n'en est pas neuf, mais l'auteur a su le rajeunir par la manière originale dont il le traite. Si le fond appartient à tout le monde, la forme n'appartient qu'à lui. De combien d'écrivains cela se peut-il dire ? Son style est simple et riche à la fois, net, maître de lui, varié dans ses tours, plein de verve et de traits, toujours animé, aussi clair dans la peinture des images que dans le récit des faits. Peut-on rendre plus simplement une pensée plus heureuse ? « Je vous aime, disait naïvement Simplice. Dans un autre monde, sans doute, nous avons été le même être ; seulement vous êtes devenue la partie ailée, le papillon qui va dans le ciel ; moi, au contraire, l'enveloppe informe qui reste à terre, la chose qu'on ne daigne pas reconnaître. » Le livre est parsemé de pareils traits. *Les Poèmes de l'Amour* nous ont révélé en M. Armand Renaud un véritable poète ; la *Griffe rose* nous révèle aujourd'hui un véritable écrivain.

(CHARLES DAVAY. — *Nord*).

Voici maintenant un roman, ou plutôt une étude de cœur, qui est le premier ouvrage en prose d'un jeune poète, dont les débuts ont été justement remarqués. M. Armand Renaud nous a donné, l'année dernière, les *Poèmes de l'Amour*, auxquels la presse entière avait fait un accueil des plus sympathiques. La *Griffe rose* est une histoire dont on peut critiquer quelques épisodes, mais qui, à coup sûr, est vraie quant au fond. Un jeune homme pauvre, mieux pris sur le fait que celui de M. Octave Feuillet, justifie le nom de Simplice que l'auteur lui a donné, en restant, malgré toutes les leçons de l'expérience, éperdûment amoureux d'une jeune fille noble et hautaine. Alix tantôt l'encourage avec une feinte bonté, tantôt le repousse avec dédain. Elle joue avec ce cœur primitif, prend plaisir à y plonger ses jolies griffes, pour les retirer roses de sang, et torture si bien l'infortuné Simplice, qu'à la fin la victime exaspérée attire son bourreau dans un piège, s'enferme dans une chambre avec cette femme impitoyable, et se poignarde à ses pieds après une heure de volupté vertigineuse. A cette vue, la tigresse épouvantée se transforme comme par enchantement : elle tombe à genoux devant le mourant, et, vaincue, repentante, éperdue d'amour, elle reçoit son pardon dans un dernier soupir.

A côté de ces deux figures, tracées avec une verve pleine de fantaisie, on remarque une vaporeuse création de jeune fille aveugle, pauvre orpheline recueillie par la mère de Simplice, et qui souffre pour son frère d'adoption toutes les douleurs passionnées contre lesquelles il se débat lui-même pour la fière patricienne. Une commune destinée réunit à la fin ces deux femmes si différentes, qui vont terminer leur triste vie dans le même couvent.

(E. DE BOISSIÈRE. — *Echo de la Presse*).